Papi-Loup Mamie-Loup Papa-Loup Maman-Loup

Wouf

Doudou Mini-Pic Mini-Loup Anicet Dilou

MINI-LOUP
à la piscine

Philippe Matter

hachette
JEUNESSE

PISCINE MUNICIPALE

Aujourd'hui, c'est jeudi. Mini-Loup et tous ses amis sont impatients. Comme tous les jeudis, Mlle Biglu, la maîtresse, les emmène à la piscine. M. Paul, le chauffeur, les attend déjà devant l'école avec le bus.

« Quand on va à la piscine, c'est un peu comme si
on partait en vacances ! remarque Anicet.
— En plus, apprendre à nager, c'est bien plus rigolo
qu'apprendre à lire ! » ajoute Mini-Pic.

Les voilà enfin arrivés. Mais dans le vestiaire, quelle pagaille !
La petite bande chahute et crie.

« J'ai maigri, se dit Anicet, ce maillot de bain semble
vraiment trop grand pour moi !

– Ce n'est pas facile de s'habiller tout seul ! pense tristement
Doudou.

– Décidément je ne peux pas vous laisser sans surveillance
deux minutes ! soupire Mlle Biglu. Allez ! Dépêchez-vous
d'enfiler vos maillots ! »

Faire pipi dans l'eau de la piscine, c'est « Beurk ! »
Alors, avant d'aller faire trempette, Mlle Biglu envoie
toute sa classe aux toilettes.
    « Dépêchez-vous, ça presse ! gémit Doudou.
    – Fermez cette porte et fichez le camp, bande de mal élevés !
crie Muche à Baudouin et à Wouf.
    – Ceux qui ont terminé me suivent, dit Mlle Biglu,
les autres, rendez-vous à la douche. »

« Avant de se baigner, il faut se laver », a expliqué
Mlle Biglu.

Et la douche, c'est drôle, ça éclabousse !

Mini-Loup se souvient bien des conseils de sa maman,
mais comme il a renversé toute la bouteille de shampooing,
le voilà tout couvert de mousse !

« Regardez Mini-Loup, rigole Doudou, on dirait
un bonhomme de neige !
– Il ressemble plutôt à une barbe à papa géante ! »
s'exclame Anicet en se léchant les babines.
Et toute la classe éclate de rire, sauf Mini-Loup, bien sûr.

La séance d'échauffement vient juste de commencer.
Tout le monde est déjà dans l'eau et bat des pieds.
« Allez, allez, on pédale, plus vite, plus vite ! » dit Mlle Biglu.
Les retardataires arrivent en courant.

« Attendez-nous, crie Mini-Loup, nous allons vous montrer ce que nous savons faire !

On est les champions de l'éclaboussure !

– Oui, ajoute Mini-Pic, on peut même dire les champions DU MONDE des éclaboussures ! »

Après l'échauffement, c'est l'heure de la leçon de natation.
M. Kévin, le maître nageur, vient donner un coup de main
à la maîtresse.

Chouette ! Avec une bouée, on peut presque nager
tout seul !

« Hé, Wouf, fais attention aux requins ! lance Doudou d'un air sournois.

– Dis donc Anicet, demande Mlle Biglu, es-tu bien sûr d'avoir besoin de tout cet attirail ?

– Euh… On n'est jamais assez prudent, non ? » répond Anicet méfiant.

« Maintenant, les enfants, nous allons apprendre
à plonger, annonce M. Kévin. Ceux qui savent déjà
peuvent monter sur le plongeoir. Faites attention !
– Ouille, ça rebondit drôlement ce truc-là ! »
pense Muche.

Mini-Loup vient de grimper tout en haut
du plongeoir.

« Regardez-moi tous, crie-t-il, vous allez voir
ce que vous allez voir ! »

Mlle Biglu n'a pas le temps de crier, Mini-Loup s'élance déjà du haut du plongeoir en poussant son célèbre « Ouh ! ». Mais il n'a pas regardé en dessous. Quelle grossière erreur !

« Saperlipopette, se dit Mini-Loup, je crois que je ne vais pas atterrir en douceur ! »

Patatras !
Mini-Loup se retrouve aussitôt à l'infirmerie,
des piquants plein les fesses.
De son côté, Mini-Pic se plaint :
« Et moi qui déteste aller chez le coiffeur, quelle malchance !

– Surtout ne bouge pas, dit Patrick, l'infirmier,
tes fesses ressemblent à une véritable bogue de châtaigne.
Mais ne t'inquiète pas, je vais t'enlever tout ça. »

Quelques instants plus tard, l'incident est presque oublié.
« Vous pouvez vous amuser maintenant, annonce
Mlle Biglu.
– Chouette, chouette ! » hurle la petite bande en sautant
dans le bassin.
Quel chahut ! La maîtresse et le maître nageur ne savent
plus où donner de la tête.

Dans un coin, Mini-Loup, Anicet et Maxou complotent…
« Attention, chuchote Mini-Loup, à la une… à la deux…
à la trois ! »

Et les trois amis foncent sur Mlle Biglu et M. Kévin.
Et splash ! Les voilà dans l'eau.

Toute la classe éclate de rire. Seul M. Kévin ne trouve pas
la plaisanterie très à son goût.

« Allez, bande de coquins, dit Mlle Biglu en souriant,
tout le monde au vestiaire, et à tout de suite. Surtout,
pas de bruit ! »

À la sortie du vestiaire, une drôle de surprise attend la maîtresse.

Épuisée par cette rude matinée, toute la classe s'est endormie dans l'entrée.

« Je me disais aussi, pense Mlle Biglu, tout semblait étrangement calme tout à coup. Comme ils sont mignons comme ça ! »

RETROUVE
MINI-LOUP
SUR TA TABLETTE !

l'histoire à écouter

des surprises

des sons

+ des jeux et des BD !

Télécharge l'application sur ou sur , et découvre
ces 4 histoires de Mini-Loup en version numérique avec plein d'animations !

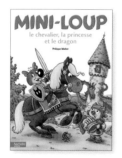

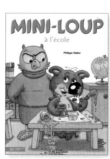

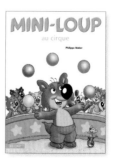

Retrouve Mini-Loup sur Internet : www.mini-loup.com

Édité par Hachette Livre – 43, quai de Grenelle, 75905 Paris cedex 15
Achevé d'imprimer en Roumanie par Canale Bucarest en février 2015.

ISBN : 978-2-01-224087-2 – Édition 19
Dépôt légal : avril 2005
Loi n° 49-956 du 16 juillet 1949 sur les publications destinées à la jeunesse.

PAPIER À BASE DE
FIBRES CERTIFIÉES

hachette s'engage pour
l'environnement en réduisant
l'empreinte carbone de ses livres.
Celle de cet exemplaire est de :
350 g éq. CO_2
Rendez-vous sur
www.hachette-durable.fr

Mlle Biglu

Gus   Eliot   Louna

Maxou   Baudouin   Raphaëlle   Muche